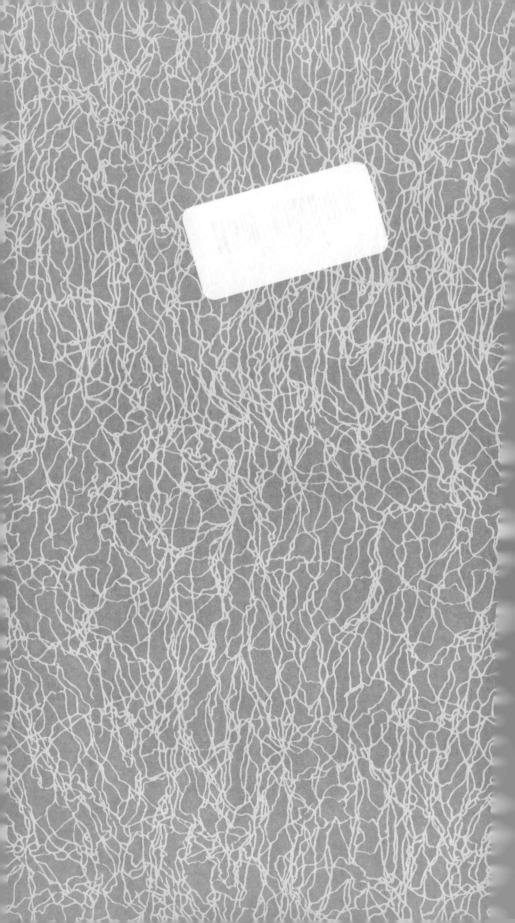

詩[illegible][illegible]像河一般緩緩流動

劉三變

刘三變
2019.9.9

劉三變

本名劉清輝。詩人、詞曲作家。寫過一些八點檔電視劇的主題曲與插曲，王識賢〈腳踏車〉的詞曲創作者。

東吳大學中文系畢業。曾為《曼陀羅》詩刊同仁；《歪仔歪》創社同仁。曾獲東吳大學雙溪文學獎現代詩首獎，作品被選入《生於60年代兩岸詩選》及各種選集。詩作被選為高職、高中參考書的國文考試題目（龍騰出版）；評論〈超自然的描繪—淺談林泠的〈微悟〉及其他〉被收錄在《高中國文教師手冊（五）》。

曾任蘭陽文學叢書評審委員。被隱地譽為值得注目、低調的優秀詩人。著有詩集《情屍與情詩》、《誘拐妳成一首詩》、《讓哀愁像河一般緩緩流動》。手稿受國家圖書館典藏。

目次

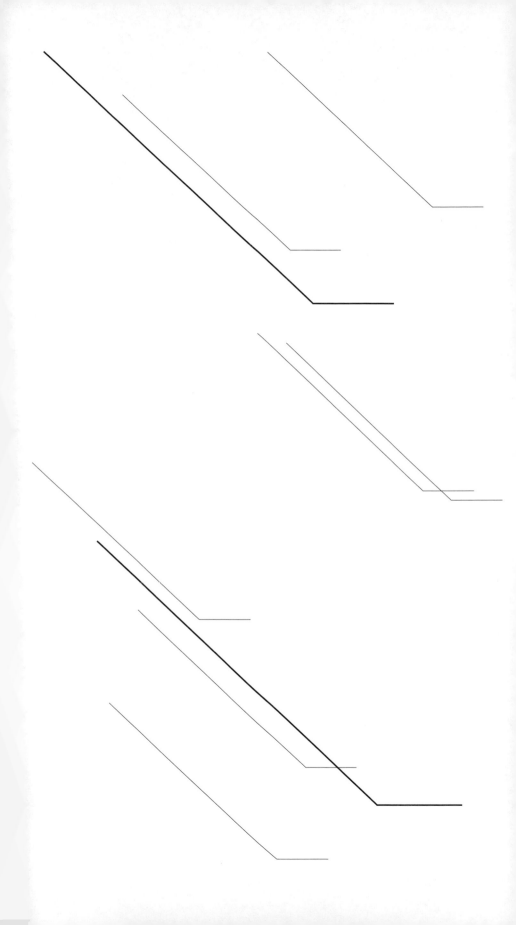

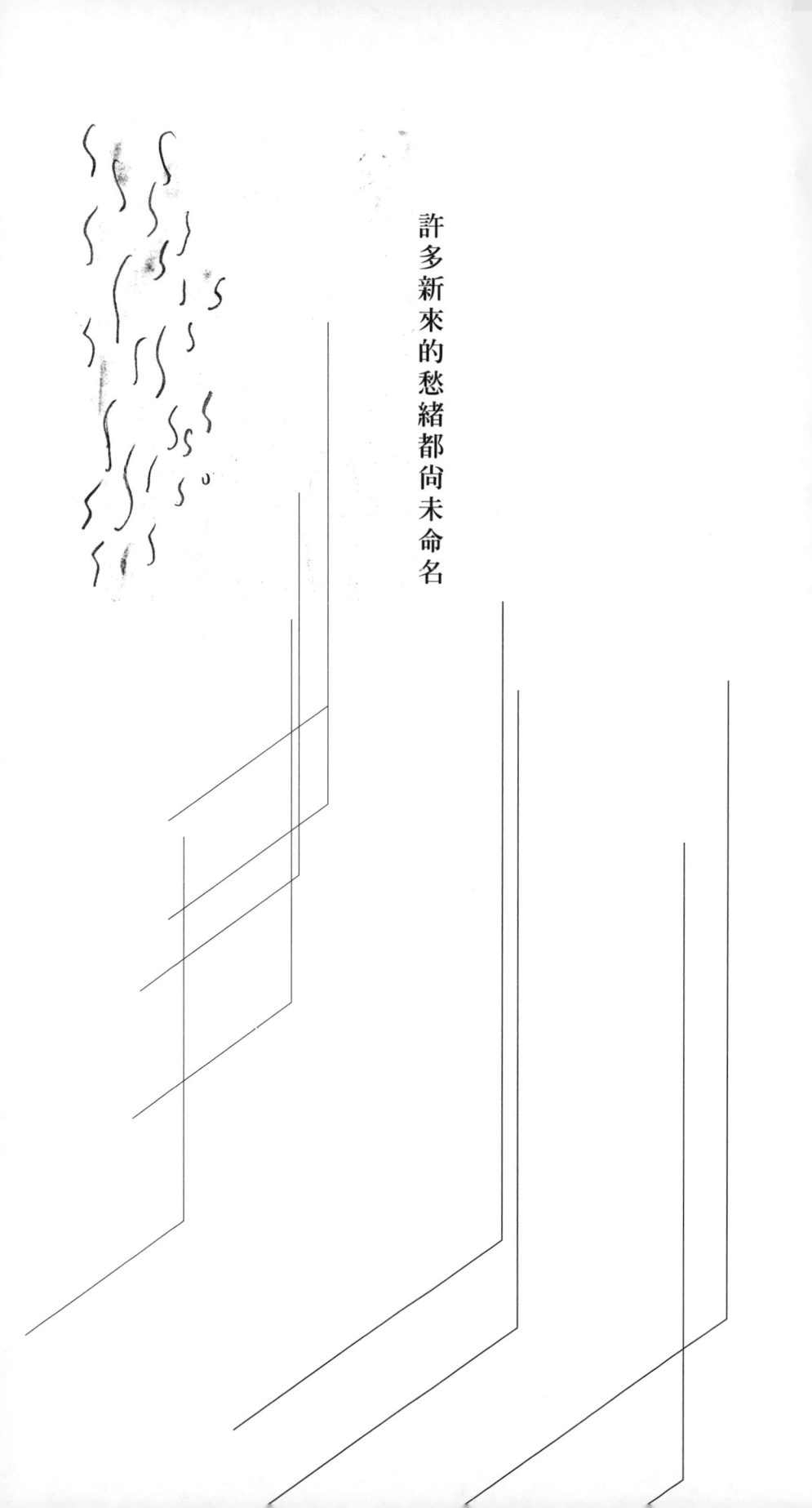

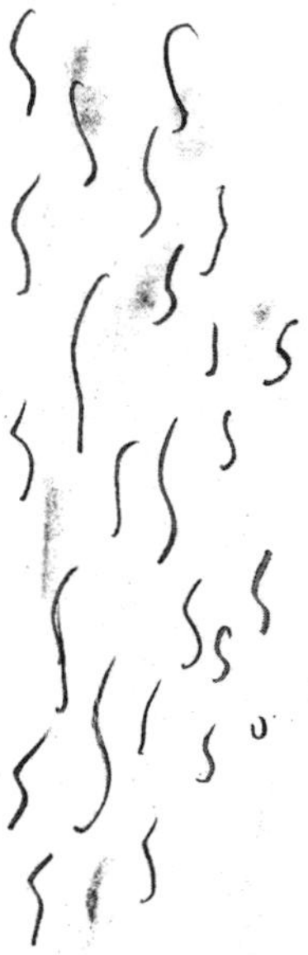

許多新來的愁緒都尚未命名

距離

我總是站在憂傷的背後
妳總是坐在喜悅的門前

遲到

我的憂鬱已抵達
妳的哀傷卻來遲

走失

想像力走失後
情感下落不明⋯

駐足

雲駐足於天空
我的視線駐足於妳紅暈臉頰⋯

偷渡

我沒有妳愛情護照的國籍
只能悄悄偷渡到妳的未來

去留

當妳如此離去
我的憂傷將繼續停留⋯⋯

暗房

那時沒幫妳拍照
只能用淚水沖洗記憶的照片

走回古代

思維走到漢朝
心情已入唐

感傷

擅長別離的日子
感傷是一封別人看不懂的信

退信

寄上心灰意冷的思念
附上回郵　裝滿
待退的心情

默默無言

默默是妳寂靜的祝福
無言是我別離的語音

冷卻的沸騰

冷卻的哀傷
重新沸騰

雨水的嘰哩呱啦

雨水嘰哩呱啦的埋怨
為何還不出太陽

無辜的冰塊

哀傷的冰塊在酒裡溶化哀傷
快樂的冰塊在酒裡舞蹈著快樂⋯⋯

落空

歲月在心頭織就的網
撈不起流逝的往事

過剩的哀傷總是用不完

過剩的哀傷總是用不完
如果你有需要
我可以免費贈送

新生

又過一年了
許多新來的愁緒都尚未命名⋯

哲思

在虛無與真實之中抉擇
在虛無與真實中被抉擇

悲觀主義

貧窮與病痛在生命的枝幹繼續攀爬
無聊與空虛日日夜夜並肩席地而坐

提拔墮落

總是看到
頹廢們在提拔墮落

晚班

用孤獨支撐孤獨
讓寂寞守夜

年終盤點

年終
請清點我孤單的次數
並算算我憂鬱的成績

假話是如此令我疼痛

春寒

冬天的尾巴春天的頭
這個季節有點超現實

失業

賦閒在家的日子
心想
神是否會失業

請客

沒有什麼好招待
只有家常微笑

料理

家人都出門了
如何用孤獨料理自己

餓了

餓了
採摘半生不熟的詞句
裹腹

塡空

在生活的空格
填下自己的漫不經心

部份供應

我僅提供傷心
淚水請自備

沒法度

你無法改變玉石的硬度
一如你無法改變她的倔強與任性

思念長成藤蔓

思念
長成藤蔓
於窗外攀爬⋯⋯

合法的災難

在所有情感風暴中
妳是我唯一合法的災難

元宵

月正圓
繫情之後
總是要掛點愁

整理儀容

沒事時
記得抽空梳理愁緒

孤苦無依

妳與時間一起離去
留下我執守的心情
孤苦無依

好友

孤獨與寂寞常常互相提攜

頹廢與墮落常常互相鼓勵

贏得埋怨

那堪把舊情重飲
贏得妳默默埋怨

懷孕之後

愛生恨
酒生醉
慾望生煩惱⋯⋯

憂鬱的勢力範圍

現在才知道我的權力是如此強大
憂鬱的勢力範圍沒有邊界

蹓躂

傍晚，我常看到
狗牽著人在路上蹓躂

交通事故

蚊子
在天空飛行
失事

清潔

生活須要感傷
用淚水來洗滌塵世所染的塵埃

自我

自我的人
大都不會自我
反省

無殼蝸牛

沒有安定的住所
愁緒無處棲身

減肥

減少進食油炸、垃圾的思維
讓肥胖的慾望逐漸瘦身…

達成目標

錯誤的非常準確
順利的完成失敗

骨市下跌

房屋貸款壓斷了年輕人的脊骨
子女的教育費用讓父母的脊椎側彎

醫院

病床上
死亡與肉體常常密切交往

失眠

感傷
常常半夜起來
獨立作業

耳朵

假話是如此令我疼痛
甚至時常
發炎

荒廢

林園沒人整理
憂傷如雜草叢生⋯

低頭與探頭

悲傷低頭
快樂才會探頭

想妳是爲了失眠

想妳是為了失眠
失眠　是為了想妳

醫術

如何用我的哀傷
治療妳的哀傷

歲月的河流

歲月的河流不停歇
一種暗紫的憂傷流動著⋯⋯

奇怪

死亡
怎麼仍然活著

無奈訂書機

脫頁的感情
如何裝訂

起程

悲傷
整裝待發⋯

比賽

生命與時間比賽誰先逝去
生命總是勝利　總是勝利的輸了

愁雲

愁緒如雲
群聚在我憂心的山頭

孤影

流浪在流浪的方向
一個人的身影是落寞的流動風景

不同款式的煩惱

熬夜

失眠、焦慮
心情翻來覆去
遠志、菖蒲、珍珠母已用完
沒有安神的藥可以熬
只能熬夜

——2012.4.6

現代胖

慾望的油脂過多已無法減肥⋯

進食利益的餐點沒有節制
貪念發胖
淳樸的身材走樣
心境不再苗條

——2011.2

沐浴妳鹹鹹淚水

愛情的土地已乾旱
整個感情區域都缺水
我只能
沐浴妳鹹鹹淚水
用來難過與傷心

——2014

後青春期叛逆未遂

後青春期叛逆未遂
只能用文字的手銬將妳逮捕
關進藝術的囚牢裡
當妳的感情飢餓、思維乾枯
日日為妳感動的淚我將煮成湯
以愛餵養妳⋯

——2010

註：「後青春期叛逆未遂」一句源自於 misslulu 之筆

四味心靈良藥散

——成份及效能

微微一笑
味甜
除煩、解熱

謙虛一點
消氣、止腫
防自大

良言幾句
味苦
治療多年瘡疣、固執及
不良習性

讚美兩聲
味甘
調中、益脾
令人好顏色

——2014.7.7

結痂

愛情的傷口已結痂
癢癢的　想抓
抓了
又怕愛情
再次破皮

——2013.3.19

咖啡戀

將憂傷濃縮
讓快樂奶泡
憂傷與快樂融合
也能綿密細緻滑順
感情無須加糖
心情雖有點苦澀
有時也會回甘

——2018.7.27

難過

水流湍急要走向對方
沒有橋　難過

妳心門緊閉
感情走不進
想法沒有交集
情愫無法會面
愛情沒有橋　難過

想回頭離去
淚水卻在眼眶裏繾綣、徘徊
不過橋了　以為就不會難過

每每孤單想起

感傷似河水暴漲　淚水開始湍急⋯

——2015.1.7

遺物

淚是傷心的遺物
歌是心痛的遺物
思念是感情殘留的遺物

白髮是時間刷出來的遺物
傷口是妳言語箭簇的遺物
心灰意冷是長期等待後的遺物

奄奄一息　快要斷氣
詩是情感屍體身前留下的遺物

——2009.5.31

我喜歡妳是樸素的

我喜歡妳是樸素的
心靈沒有濃妝
性情沒有艷抹
念頭赤裸的有如孩童的膚質

我喜歡妳是樸素的
日飲大自然的泉水
身著自織的布衣
不會穿戴都市人的浮華與虛榮

我喜歡妳是樸素的
日子過得簡單
生活門聯張貼著寧靜與悠閒

我喜歡妳是樸素的
質樸的臉龐
浮寫著人類臉上優美的意象

——2010

淪陷在妳愛情的裙襬裡

愛的疆土早已被妳佔領
心的領域全是妳影子的駐軍

妳的嬌羞是無形的武器
妳的含蓄是迷人的陷阱
妳甜美的笑聲是一串又一串誘人的圍籬

越過妳雙眼靈動的奇襲
仍無法躲過妳言語溫柔的箭羽

寧願做一位繳械的哨兵
不想逃離也不想抵禦
心甘情願淪陷在妳愛情的裙襬裡

——2013.7.9

守護

在妳拍打繁忙的翅膀後
心的樑柱等待妳前來歇息

一片又一片感情堆砌的屋簷
是為了能給妳遮風避雨

煙霧瀰漫我是妳的光線
黑暗降臨我是妳的黎明

天冷願化作保暖妳的衣
夏日願是妳躺臥的涼蓆

——2013.11.12

貓啣走了時光

感情的剝落
情緒的剝落
生老病死歲月的剝落
時光剝落就這麼的被貓啣走
並且在我額頭抓了好幾條皺紋
又在我頭上留下一叢又一叢
雪白銀亮的髮絲

——2018

事故

你的哀傷
突如其來
嚴重失落撞擊後
意識不省人事

——2018

來不及完成

來不及牽手
妳已放手離去
我們的愛戀來不及完成
來不及完成
連悲傷都來不及完成

——2013.1

無語凝咽

離別時寫不出詞句
淚水常常自成兩行
想說的幾句話
總是卡在喉嚨

——2014

詩疹

心情過敏
思想的耳朵起紅疹
文字的斑點
癢癢的

偶爾喝冰啤酒
詩冷、
詩興所引起

——2018.7.3

不同款式的煩惱

我們在相同的社會生活
卻有著不同款式的憂傷
不同款式的喜悅
不同款式的痛苦
不同款式的快樂
不同款式的委屈
不同款式的焦慮與
不同款式的煩惱

——2017

欲望被人們越養越肥

農業的腳步踩向資本主義的領土
質樸的意象在人們臉上逐漸模糊

文明社會
世故像無形的病毒在人們腦裏滋生
昔日的單純已摻雜太多的貪念與欲望
貪念發胖
欲望被人們越養越肥

——2010

天氣有如女人的情緒

天氣有如女人的情緒
昨天高溫　令人煩燥
心情必須穿短袖
在動怒的目光曝曬下
要避免中暑

天氣有如女人的情緒
今日低溫　冷漠來襲
感情受風寒前請加件外套
否則　心情感冒了
不是打噴嚏就是流鼻水

——2014.4.10

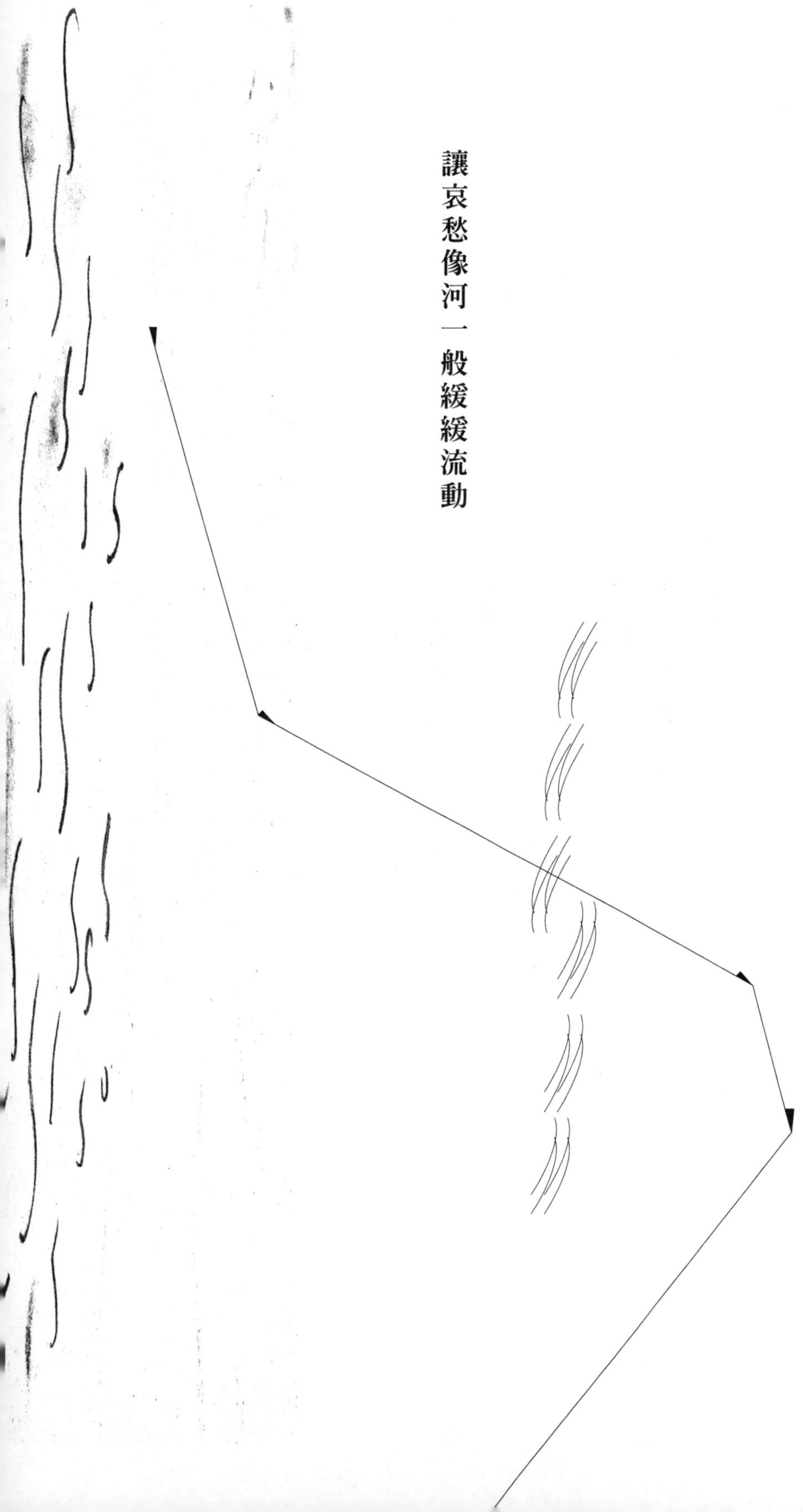

讓哀愁像河一般緩緩流動

讓哀愁像河一般緩緩流動

讓哀愁像河一般緩緩流動
河面下洶湧的悒鬱不願妳看見
因為哀愁有哀愁的方向
它不流向快樂

期待自己是條快樂的河流向妳
喜悅的波濤可以討妳歡心
跳躍的漣漪可以陪妳嬉戲
彎彎曲曲的身軀可以對妳訴說沿途風景

然而我只是一條憂鬱的河
悲觀是我的心情波濤
灰色是我的思緒流動

而妳的快樂　是我希冀而永遠無法抵達的出海口

——2012.6.4

花有香氣的翅膀

花有香氣的翅膀
翅膀有飛翔的念頭

有人用花讚美她

那個女孩　想飛…

——2009.2.3

我們是如此的消耗自己

吵架消耗了聲音
享樂消耗了肉體
看美女消耗了視力

喜悅消耗了高興
哭泣消耗了淚滴
很生氣消耗了歇斯底里

爭權消耗了表情
想成名消耗了厚臉皮
貪利消耗了善良的自己

——2009.6.7

文明病

心情脫臼
情感骨折
出門緊張兮兮
焦慮如影隨形
腦袋缺氧
痴呆健忘
出門憂鬱相隨
回來煩惱跟踪

——2018

妳的溫柔總是姍姍來遲

思念坐在門庭等候
妳的靜默是遠方一封無言的信
愛與愁肩並肩
有時在心的大門來回踱步

日子沒有陰影的走過
卻偷偷地在我頭上栽植了幾根白色髮絲
想念只是徒然
遺忘的歲月　是誰勾起我內心古老愁緒

妳寄來的關心詞彙只是一張小小的 OK 繃
如何撫貼遺留在我內心長期擴散的傷口
一次又一次的等待

妳的溫柔總是姍姍來遲

等到心灰意冷
等到痛徹心扉
妳的溫柔　依舊姍姍來遲……

——2010.2.21

陰鬱的白晝

—哲學家筆下的女人

溫柔早已離席
婉約、賢淑掉進了歷史古井⋯⋯

女人拿著虛偽的鏡子打扮像一種天賦
女人懂得星象科學
以自己為中心
所有行星、萬事萬物必須繞著她旋轉

女人是給予權力擁有更多權力的張牙舞爪
女人的聽力很靈敏
壞話聲響如一根針掉在地上她都聽得見

女人是誘惑、肉體慾望的存在

女人是男人甜蜜的毒液
女人是神射手
女人言語的箭鏃射中男人百發百中

白晝開始陰鬱　因為黑夜降臨
男人手忙腳亂憂心忡忡
因為叔本華筆下的女人從書上跑了出來⋯

——2012.3

有人

在喧囂的人群中各自寂寞
有人在鄉下播種田園生活
有人在城市細數時間滴落
有人愉悅地憂愁
有人高尚地落寞
有人美麗地醜陋
有人…

——2011.1

心情不會算術

心情不會算術
如何加減乘除
喜怒憂思悲恐驚
如果突然增升
恐會傷到
心肝脾肺腎
人們不自覺的一再消耗自己
心情　總是不會算術

——2015.7

貪念正在流行

資本投機侵蝕善良人心
淳樸生態慘遭破壞
青春生命逐漸往都市遷徙

功利社會
貪念正在流行
人們感染虛偽嘔吐著謊言

病毒入侵
心靈發皺
道德良心開始萎縮

——2009.7.16

善變的快樂

善變的快樂
不穩定的快樂
高高低低的快樂
來來去去的快樂

白天　快樂來了
不想過夜
又走了

——2011.4.12

影子

影子不說話
影子隨著人形移動
人走得太快不小心跌倒
影子爬不起來
人罵了一句三字經
影子不生氣
人站起來繼續趕路走得滿頭大汗
影子不流汗
人不太理影子自顧自的走
影子也不感傷

——2012.9

生鏽

荒廢的琴弦生鏽
彈不出動人樂音

語言的劍生鏽
生動的詞彙無法出鞘

遲滯的腦袋生鏽
美麗的詩句不再鏗鏘

繁忙滑過
時間腐蝕一切
連同妳我青春廢棄生鏽的愛情

——2012.4.23

寂寞的獵物

寂寞
吐著蛇信
在夜裏搜尋
遇到人多的地方馬上退縮
卻不動聲色地鑽到我房裏
想捕捉我這隻寂寞的獵物

——2014.11.15

等待的側影站成了問號

妳笑著哭
妳喜悅妳的悲傷
妳離別妳的相聚
離別的腳印是長長的刪節號……
我等待的側影卻站成了問號？

——2010.8

憂鬱的沼澤

喜悅像是灑在地面的酒精
容易揮發
憂鬱像是悲傷濃稠的沼澤
遲滯、
讓人越踩越陷越深⋯

——2018

情緒是一隻拴不住的獸

與心儀的人約會　喜悅躍出
情緒是一隻快樂的獸

遇到挫折　灰心趴下
情緒是一隻沮喪的獸

與情人別離　難過佇立
情緒是一隻感傷的獸

被人誤解　脾氣蹲著
情緒是一隻憤怒的獸

捉摸不定　一直變形

情緒是一隻怎麼拴都拴不住的獸

——2015.4.20

憂鬱

憂鬱是文學的種子
可長出文字的花朵
季節到來
詩句就會掛滿枝頭

憂鬱是創作者不幸的有幸
讓作品產生痛苦　以及
憂傷的喜悅

善感的人
是憂鬱最喜歡的戀人
你有時拒絕
有時又不好意思拒絕

憂鬱
總是愛上喜歡創作的你

——2017.7.8

白色的憂鬱

（紅花婧、白花芳）

愁可以澆灌
憂鬱可以栽植嗎
如果可以
我不要栽植藍色的
也不要栽植紅色的
紅色太鮮豔
藍色太感傷
我想栽植白色的憂鬱
讓它開出花朵來
因爲白色的花
才會散發憂鬱的芳香

——2016.6

新品種的孤獨

聽說
你最近的憂鬱已改良
在快樂的人群裡
研發了一種
新品種的孤獨

——2014

哀傷的喜悅

哀傷的顏色是什麼顏色？
憂鬱色？
還是沮喪色？
不是不是都不是
我的哀傷是喜悅色
一種哀傷的喜悅色
在文字的彩繪裏
我的哀傷蘊含著美感的喜悅

——2014.10.31

妳是眞實的飄渺

愛情是虛幻
虛幻是飄渺
飄渺是妳
妳是真實
妳是真實的飄渺
愛上妳彷彿愛上了飄渺

——2009.11.05

老的哀愁

日子有點痴呆、失智
記憶的腰瘦了一圈……
腦力遲鈍無法言語
身體一天一天的衰老
只能躺臥床上
接受各種病痛的輪流照護

——2015.12.14

無常的路上蹲踞著死亡

無常的路上蹲踞著死亡
死亡悶不吭聲　又擅長等待
不管好人、壞人、智者、愚者、詩人、畫家
總會找到最佳時機撲上
精準的咬他們一口

當他們穿著病痛與衰老的鞋走來…

——2011.10

夢中迷路

古鎮

——小洲村

古老的村鎮有現代的鞋穿梭
沉寂被踩響⋯⋯

來來往往的人們來來往往的心事
來來往往的喜樂悲傷來來往往的在流動

牆的顏面已剝落
井的喉嚨長著青苔
圖利的鋼筋水泥悄悄前來進駐
村民的心要蓋在那裡？

小橋依舊彎彎
流水流走了歲月也流走了流水自己

船擱置
也擱置了幾百年前被遺忘的往事
時光載不動
古代是運不回來的呀！

黃昏送走了遊客
小洲村古樸的容貌微微展顏

夜
沉靜　不想說話
蓋上黑色的披風
不理人間地睡著了

——2013

同鄉

我們的文字早已相識
它們來自共同的原鄉
孤獨、惆悵、憂傷、焦慮還住在村裏
喜悅那一家子久未謀面
只是聽說
歡樂　小時候早已離家出走

——2012.12.13

鬼說

鬼說：
很恐怖！人很恐怖！
人會吃人
人比鬼會說謊
人工作不停忙著緊張兮兮
人使用機器人變得越來越機器
人污染的空氣連鬼都無法呼吸
人挑起戰爭讓鬼的街道飄得好擁擠
人為了金錢偷搶拐騙寡廉鮮恥厚臉皮第一名
人濫墾盜伐破壞環境釀災造禍貪婪自私無與倫比

恐怖！人很恐怖！
鬼不太敢做壞事怕下輩子沉淪為人

膽小的人說：「我怕鬼」

「我怕人」——大膽的鬼說：

——2008.12.7

上吊的衣服

在人世間奔忙
受污、納垢
沾滿塵埃與汗臭
上吊的衣服
只想乾淨
還它一身清白

——2018.4.28

脊椎

世故的背脊
撐不起利益的重量
道德彎曲
人格變形
欲望的骨刺壓迫神經
疼！痛！
觀念的不良姿勢
已無法矯正

——2012.7

將進酒

啤酒色的啤酒
冒出喜悅的泡泡
友情是美味的配酒菜

對話上菜
一盤藝術一盤詩
一盤的思想一鍋的生活
一道又一道的歡樂與歌聲

飲盡不如意
享受當下情
挾起人生的酸甜苦辣
喜樂悲傷讓它全下肚

興致來時一杯又一杯
愛情與酒是令人醉
美夢的湯還在爐上煮
一會醉時可以解解酒

——2017.2.1

詞句笑我呆

鹽寮海風一陣陣地吹過來
文字的毛細孔一一張開
詩的句子不斷地跑出來
一個一個的對我嘻嘻哈哈
並且笑我為塵世所累的愚呆

——2013.2

愛慾如瘟疫蔓延

愛慾如瘟疫蔓延
悸動的肉塊長著膿瘡

情絲向自己綑綁
解不開愛恨的束縛

愉悅懷孕了痛苦
甜蜜難產　災難將降臨人世

感情火苗一直燃燒
炙熱的煩惱已難澆熄

期待下雨淋濕痴迷　否則

智慧的森林將一燒而盡

——2013.8.26

皺紋皺皺的說

河向海的方向流去
許多水草熱情地向河水說再見
河說：我走了就不再回頭

白色髮叢偷偷越過了黑髮
黑髮問：妳們何時回來與我們黑在一起呀！
白髮說：歲月灑下的白色染劑是洗不掉的

牙齒最近常有酸疼前來駐居
嘴唇說：有我做伴還不夠嗎？
牙齒說：她是來蛀居的呀！

時間匆忙地溜過去

在老人臉上踩踏了許多腳印
——皺紋皺皺的說：

——2010.11

夜賊

夜
披著一身寂靜
踮著腳尖
無聲無息的走過來
並攜帶著惆悵
偷偷地放在我憂傷的口袋裡

——2014.8.3

清明時節

日子謝了！
妳的笑容謝了！
感情的花瓣也謝了！

我們的愛情沒人澆灌
就這樣的謝了！

情感萎落的季節
天空喜歡掉眼淚

戀情已準備好下葬
我想過幾年就可以掃墓了

——2013.4

獨飲

沒有人來訪
只有寂靜來敲門

長條形的夜
孤獨是通往心靈的探照燈

飲酒、寫詩
詩句似乎也七分醉

顛跛在文字的迷途中
醉鄉尋李白
隱居訪陶潛

——2013.10.12

愛情是那麼果汁

一杯心情有點檸檬
有點金桔、有點百香果
有點…
愛情是那麼果汁
有時酸、有時甜
有時酸酸甜甜

——2010.1.3

挖土機貪婪的嘴

沒有智慧的雙手
濫砍森林
挖土機貪婪的嘴
嘶咬著大地

無聲的哀痛忍隱著……

雨林不斷的被破壞
地球的肺不再正常呼吸
原生環境被資本主義貪婪的毒入侵
病變的災難一再來襲
襲擊人類的蒙昧無知

——2009

執著如膠水

執著如膠水
我們喜歡把自己黏住
黏在感情上
黏在觀念上
黏在愚蠢上
黏在自以為是的不是上

——2009.2

適合

適合相伴
適合分手
適合逃離
適合傾心

他適合妳的適合
適合傾心
他適合妳的不適合
適合逃離
他不適合妳的適合
適合分手
他不適合妳的不適合

適合相伴⋯

—— 2009.8.13

舊情人

當我們老了，聊起詩
彷彿聊起以往的舊情人
一種未完成的憂傷
悄悄地懸掛在臉龐

白色的鬍鬚像是時間長長的嘆息
那久未謀面的愁緒說要來探親

回憶揭起古老破舊的傷口
結疤的甜蜜卻隱隱喊痛

——2009.1.22

詩的國度

有一個國度
寫詩是一種風俗
吟詩是一種習慣
端午佳節家家戶戶都在裝訂詩集
準備拜拜給屈原當祭品

有一個國度
農夫只靠播種詩句為生
田野開滿文字花朵
語言的枝葉四處搖曳
包裝精美的詩集是分送親友的最佳伴手禮

有一個國度
天空飄落著各式各樣的詩句
人們勤於捕捉
一個句子可以換得一條魚
三個句子可以換來一件衣
十四個句子可以換來一張床
一本詩集可以換得一棟房

——2012.4.9

文字有跳蚤的身軀

文字　有跳蚤的身軀
跳上思想的肩膀
跳到感情的背脊
有時開心　有時傷心
跳出鮮動的意象
跳出奇特的詞句
有時跳到一半摔了一跤
跳　持續的跳
用感受力與想像力的雙腿持續的跳。
終於
跳成了一首詩

——2017.8.4

正不正經

放縱過後
請收斂一下你太過正經的不正經

詩書易禮樂春秋
管他正不正經
莊子一下也可以

——2015

台灣災

天空佈滿烏雲
雨水也貪污

人心發霉連教育都潮濕
官商如此黏膩
貪瀆如此流行

政黨利益踩踏人民
在野黨的手扯著執政黨的腿
執政黨的腳踢著在野黨的臀

年輕的學子啊！不是你不向前

是政府不殘而廢
有雙腳卻不會行走

——2012.12.4

開課

開課
憂鬱的竅門
如何鍛鍊孤獨
三餐的折腰方式
卻一直沒人來選我的課

——2015

傷事

—給 S.L.

語言的箭簇射過來
心痛無須止血
溫暖的情誼剎那間變成一具冰冷的屍體
復活已無望
悲傷即將就緒
流下的淚珠像是祭祀的雨滴
哀悼著逝去的感情
喜悅的脈搏不再跳動
窒息的情誼已無法呼吸
難過躺在心底　只能讓一切
雲　淡　風　清

——2014.11

花蝶戀

蝶戀花　展翅依花舞
花戀蝶　花開盼蝶來

花夢蝶
夢裏　蝴蝶是展翅的花朵
蝶夢花
夢中　花朵是停歇的蝴蝶

——2009

夢中迷路

自律神經失調的途中
踩著焦慮的鞋
不安的步伐一直奔跑著
淺眠的夢境
焦急、奔跑
無用的奔跑
無止盡的
走不出焦急的夢
直到聽到窗外下雨聲
才從夢中跑了出來…

——2017.6.15

文字長出皺紋

年紀漸長
文字也跟著成熟
也許有一天
稿紙滿面皺紋臉色發黃
長著白鬍鬚
那時
我們也老了

——2008.10.26

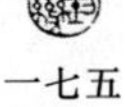

失憶的人生尾巴

失智的歲月
失語無言

失憶的頭腦
長著失意的人生尾巴

牙齒脫落已經無法咀嚼快樂
無法吞嚥那麼一丁點悲傷

只能用鼻胃管進食寒冷的冬天
用抽痰器抽出遲滯濃稠的晚年

雙腿無法行走只能坐一種椅子

——輪椅

長期臥床必須左右輪流翻身

身體翻身

健康　卻無法翻身

——2016.10.31

無常

綻放的枯萎
臭氣的芳香⋯

鬍子刮了又生
指甲剪短了又長
牙齒堅硬的蛀蝕了

陽光晴朗的細雨綿綿
藍天白雲的烏雲密佈

瘦瘦的胖了
矮矮的高了

皮膚緊實的鬆弛了
力道強勁的無力了
肉體溫溫的冰冷了

生了老了病了衰竭的走了
呼吸了不呼吸
人生不停排演著無常
不停排演著叫我們不能傷心的正常的無常

——2016.12.15

死亡一直獨霸人間

死亡一直獨霸人間
日日夜夜辛勤地在醫院巡房
偷偷地在車禍現場出沒
誘發憂鬱病患者自殺
等待人們器官老化、衰竭
死亡奪走了我們最親最愛的人…

你我雖在人間站立
死亡
仍一直獨霸人間

——2018.7.5

後記

在生命的每個階段，文字總會溢出新鮮的哀愁……

這本詩集離上一本詩集《誘拐妳成一首詩》已有十年時間，十幾年來從音樂工作換了跑道，繁忙的日子讓感受力漸漸消弱，自己告訴自己，在少有感動的日子，儘量的少寫，儘量的不寫，儘量的與創作斷絕親密關係。十年來的詩創作可說少之又少，有感覺時，還是會在筆記本上寫寫幾個句子。幾年下來，工作經濟收入比較穩定，閒暇時間也多了一些，趁此閒暇重新整理詩作。後三輯的詩作大部份是這十年間慢慢累積的，主要還是個人感情的記錄、情緒與思維的描繪以及對生老病死的重新體悟。詩作雖少；但仍要求每一首詩要有詩的意象、詩的語言與詩的趣味；即使是哀傷與憂鬱的詩。

個人認為，每一首詩都是獨立存在，就像畫廊的每一幅畫，都是個別的存在，因此此次編排每一首詩都有創作者的名字；而前兩輯，除了近幾年在筆記本個人心情與思維的抒寫，有些則是從以前的筆記本整理出來。手上有好幾本筆記，封面總是寫著「文字素描」，主要是向一些喜愛的畫家學習畫素描的精神。素描是繪畫的基本功，素描畫不好，畫作是不會好的；相對的文字素描寫不好是不會寫出好詩的。隨著年歲增長，整理這些文字素描，對於想寫詩的晚輩希望能有所啟發，加上一些新想像的詩題，讓有些詩能「哀而不傷」，還能帶點文字的趣味。希望有緣接觸這本詩集的你，能慢慢地咀嚼這些文字，咀嚼到詞句詩的韻味；聞到憂鬱的芳香；聽到感情、情緒剝落的聲音；甚至感受到哀愁緩緩的流動……

劉三變　2018.10.4

讓哀愁像河一般緩緩流動

作者　劉三變
編輯　陸穎魚
設計　黃千芮　conniehuang322@gmail.com

出版　一人出版社
地址　臺北市南京東路一段二十五號十樓之四
電話　(02)2537-2497
傳真　(02)2537-4409
網址　Alonepublishing.blogspot.com
信箱　Alonepublishing@gmail.com

總經銷　聯合發行股份有限公司
電話　(02)2917-8022
傳真　(02)2915-6275

二〇一九年八月　初版
定價新台幣三五〇元

國家圖書館出版品預行編目(CIP)資料

讓哀愁像河一般緩緩流動 / 劉三變作 . -- 初版 . --
臺北市 : 一人 , 2019.08
面 ;　公分
ISBN 978-986-92781-9-5(平裝)
863.51　　108009658